em

Este livro pertence à princesa

The Tiara Club at Pearl Palace in Princess Ellie and the Enchanted Fawn
First published in 2007 by Orchard Books
Text © Vivian French 2007
Cover Illustrations © Sarah Gibb 2007
Inside illustrations © Orchard Books 2007
All rights reserved
Copyright © 2011 by Novo Século Editora

PRODUÇÃO EDITORIAL	Equipe Novo Século
TRADUÇÃO	M. Cristina Godoy
PROJETO GRÁFICO E COMPOSIÇÃO	Equipe Novo Século
REVISÃO	Patrícia Murari

Dados Internacionais de Catalogação na Publicação (CIP)
(Câmara Brasileira do Livro, SP, Brasil)

French, Vivian

Clube da Tiara em mansões de Pérola : princesa Ellie e o cervo encantado / Vivian French ; ilustrações Sarah Gibb ; [tradução M. Cristina Godoy]. -- Osasco, SP : Novo Século Editora, 2011. -- (Coleção clube da Tiara ; v. 23)

Título original: The Tiara club at Pearl palace : princess Ellie and the enchanted fawn

1. Literatura infantojuvenil I. Gibb, Sarah. II. Título. III. Série.

11-04424 CDD-028.5

Índices para catálogo sistemático:
1. Literatura infantil 028.5
2. Literatura infantojuvenil 028.5

2011
IMPRESSO NO BRASIL
PRINTED IN BRAZIL
DIREITOS CEDIDOS PARA ESTA EDIÇÃO À
NOVO SÉCULO EDITORA LTDA.
Rua Aurora Soares Barbosa, 405 – 2º andar
CEP 06023-010 – Osasco – SP
Tel. (11) 3699-7107 – Fax (11) 3699-7323

www.novoseculo.com.br
atendimento@novoseculo.com.br

Vivian French

Clube da Tiara em Mansões de Pérola

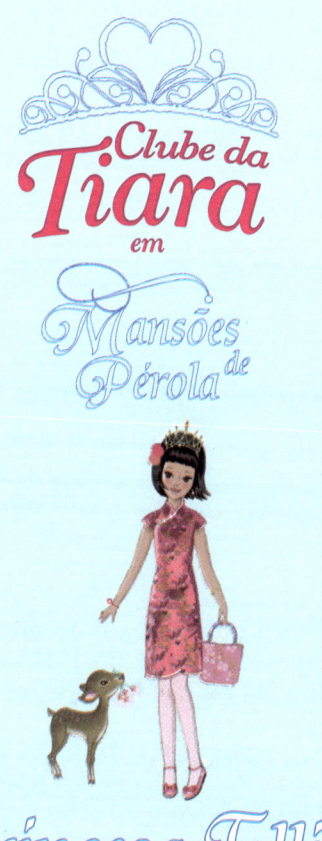

Princesa Ellie e o Cervo Encantado

novo século®

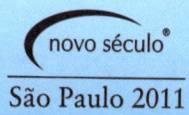

São Paulo 2011

Escola Palácio Real
para a preparação de Princesas Perfeitas

(conhecida por nossas alunas como "A Escola das Princesas")

LEMA DA ESCOLA

A princesa perfeita sempre pensa nas outras pessoas antes de em si mesma. É gentil, atenciosa e verdadeira.

Mansões de Pérola oferece uma educação completa para as Princesas do Clube da Tiara, com ênfase em artes e atividades extra-classe. O currículo inclui:

- *Um Dia Especial de Esporte para Princesas*
- *Preparação para o Prêmio do Cisne Prateado*
- *Uma viagem às Montanhas Mágicas*
- *Uma visita à Exibição de Instrumentos Musicais do Rei Rodolfo*

A escola exige que entre os pertences das princesas se encontrem:

- **20 VESTIDOS DE BAILE**
  (incluindo as anáguas, saiotes etc.)

- **12 VESTIDOS PARA O DIA A DIA**

- **7 VESTIDOS**
  Para festas ao ar livre e outras ocasiões especiais

- **12 TIARAS**

- **SAPATOS DE DANÇA**
  Cinco pares

- **CHINELOS DE VELUDO**
  Três pares

- **BOTAS PARA MONTARIA**
  Dois pares

- *Capas, protetores de mãos e orelhas, echarpes, luvas e outros acessórios essenciais e obrigatórios*

As princesas

Hannah, Isabela, Lucy, Grace, Ellie e Sarah frequentam juntas a Escola das Princesas e dividem o mesmo dormitório.
São amigas inseparáveis e estão sempre prontas para ajudar.

IMPORTANTE

Incentivamos nossas princesas por meio da premiação por pontos para que possam chegar à próxima etapa. Todas as que obtiverem uma quantidade mínima de pontos nas Mansões de Pérola serão presenteadas com suas Faixas de Pérola e participarão do baile de comemoração.

As princesas do Clube da Tiara com a Faixa de Pérola são convidadas a retornar no ano seguinte às Mansões de Esmeralda, nossa residência especial para Princesas Perfeitas, onde continuarão recebendo uma educação de alto nível.

**NOSSO DIRETOR,
O REI EVEREST,**
está sempre presente, e as alunas ainda se encontram sob os cuidados da FADA MADRINHA da escola, a FADA G e de sua assistente, a FADA ANGORÁ.

Entre os professores e visitantes especialistas, temos:

RAINHA MOLLY
(Esportes e Jogos)

LADY MALVINA
(Secretária do Rei Everest)

LORDE HENRIQUE
(Biologia)

RAINHA-MÃE MATILDA
(Etiqueta, postura e arranjo de flores)

*Para a Princesa Elaine,
uma editora maravilhosa!
VF
Muito obrigada, JD.*

Clube da Tiara
em Mansões de Pérola

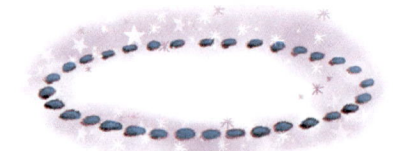

Olá, como você está?
Eu sou a Princesa Ellie, uma das princesas do Quarto
Lírio, mas isso você já sabe se já conheceu minhas
amigas Hannah, Isabela, Lucy, Grace e Sarah. Espero
que tenha conhecido. Elas são TÃO adoráveis, assim
como você! Nós nos divertimos muito – desde que as
gêmeas não estejam por perto...

Capítulo 1

Você já viu um filhote de cervo? Eu nunca tinha visto... Não antes de ajudarmos a Bruxa Windlespin. Ela havia encontrado o cervo andando sozinho pelo Bosque Hollyberry depois de uma tempestade terrível, e ficou preocupada porque não conseguia achar a mãe do pobrezinho. Ela mandou um recado

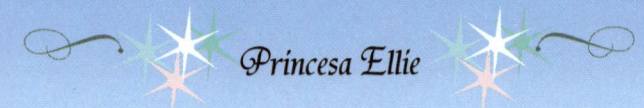

Princesa Ellie

para a Fada G (que é a fada madrinha da nossa escola) pedindo ajuda, e a Fada G decidiu que TODAS nós poderíamos ajudar... E é claro que nós ficamos empolgadíssimas!

Oh, talvez eu deva te contar sobre a Bruxa Windlespin. Ela não é uma daquelas bruxas terríveis que andam de vassoura ou fazem feitiços assustadores. Ela tece panos lindos, faz roupas fabulosas e remédios com ervas também. Nós a conhecemos quando estávamos nas Torres de Prata, e ela é TÃO maravilhosa! Porém, quando descemos da carruagem em frente à sua cabana no Bosque Hollyberry, ela estava esperando por nós e parecia muito preocupada.

e o Cervo Encantado

– Não entendo – ela disse à Fada G. – Moro aqui há anos, conheço Orelha Aveludada muito bem, e ela é uma mãe maravilhosa. Nunca abandonaria seu filhote, mas onde ela está? Achei que viria para cá assim que percebesse que ele estava perdido, mas não há nenhum

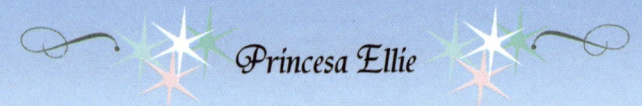

Princesa Ellie

sinal dela. Tentamos procurar por ela, mas o pequenininho está muito triste, e não posso deixá-lo sozinho por muito tempo.

A Fada G deu um de seus imensos sorrisos radiantes.

– Estou com todas as princesas das Mansões de Pérola aqui para ajudar – ela disse. – Tenho certeza de que encontraremos Orelha Aveludada antes do fim do dia.

A Bruxa Windlespin parecia encantada.

– Isso é tão gentil – ela se virou para nós. – Vocês gostariam de ver o filhote de Orelha Aveludada? Dei uma bebida de ervas para ele, por isso ele está dor-

e o Cervo Encantado

mindo, mas vocês podem dar uma espiada.

– Nós não vamos acordá-lo? – perguntei.

Princesa Ellie

A Bruxa Windlespin abanou a cabeça.

– É um feitiço para dormir. Vou acordá-lo quando a mãe dele estiver a salvo ao seu lado.

Nós estávamos TÃO animadas. A Fada G nos fez formar uma fila, e nós

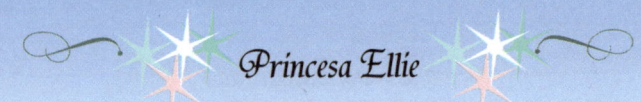

...e o Cervo Encantado

fomos na ponta dos pés para os fundos da cabana da Bruxa Windlespin, num pequeno chalé. O cervo estava aninhado em um cesto cheio de uma grama verde muito macia, e era completamente lindo. Tinha cílios longuíssimos, mas

ele suspirava com frequência, como se sentisse saudades da mãe mesmo enquanto dormia.

— Nós TEMOS que achar Orelha Aveludada – Grace disse quando saímos dali.

e o Cervo Encantado

Diamantina, que estava atrás de nós, rosnou.

– É só um cervo – ela disse cheia de si. – Não é uma coisa importante. Não sei porque todo mundo está fazendo barulho!

Gruella abanou a cabeça.

– Mas ele é TÃO lindo!

Gruella não costuma discordar de Diamantina com frequência, e nós olhamos surpresas para ela.

Diamantina jogou seus cachos loiros para trás.

– Vá procurar a corça fofinha e peludinha, então, Gruella. EU vou colher um buquê de flores!

E, antes que alguém conseguisse segurá-la, ela entrou no Bosque Hollyberry com o nariz empinado.

Gruella olhou para ela ansiosa.

– Ah, céus – ela disse. – Talvez seja melhor eu ir com ela... Ela vai ficar furiosa comigo se eu não for.

– Você pode vir conosco se quiser – Lucy é sempre muito gentil. – Seria bem-vinda.

– É melhor eu ir atrás dela – Gruella disse, e correu na direção em que Diamantina havia saído.

Capítulo 2

Não muito tempo depois de Gruella ter desaparecido, a Fada G veio atrás dela.

– Onde está Gruella? – ela perguntou a Hannah. – E Diamantina?

Hannah é muito bondosa para fazer fofoca.

– Elas... Elas já entraram no Bosque Hollyberry – ela disse.

– Hm – a Fada G não parecia muito feliz. – Elas deveriam ter esperado para saber o que deveriam fazer. Ainda assim, acho que elas não vão se afastar muito, e vão ficar juntas. Agora, quero que o restante de vocês fique em grupos. Vou dar a cada grupo um saco de pedrinhas coloridas para que vocês marquem por onde andaram. Se virem Orelha Aveludada, não a assustem. Apenas corram para cá o mais rápido que puderem, deixando as pedrinhas no caminho para mostrar à Windlespin onde ela está.

– E se nós não a encontrarmos? – Isabela perguntou.

– Daí vocês recolhem as pedrinhas

quando estiverem fazendo o caminho de volta. E lembrem-se: se vocês ficarem sem pedras, NÃO se afastem. Voltem imediatamente. Todas entenderam bem o que têm de fazer?

Todas nós confirmamos com um aceno de cabeça, mas, então, Grace perguntou:

Princesa Ellie

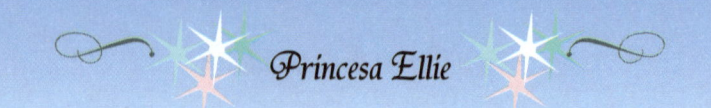

— E há outra corça? Como nós vamos saber qual é Orelha Aveludada?

A Bruxa Windlespin sorriu.

— Esta é uma pergunta muito razoável. Vocês a reconhecerão imediatamente, pois uma de suas orelhas é maior que a outra.

... e o Cervo Encantado

— Muito bem, Grace – a Fada G deu a ela uma bolsa feita de cordas cheia de pedrinhas e agitou sua varinha. Ouvimos um chiado, e as pedrinhas ficaram azuis.

— Aí está! Cada grupo terá sua própria cor, para vocês não se confundirem. Podem ir, Quarto Lírio, e boa sorte!

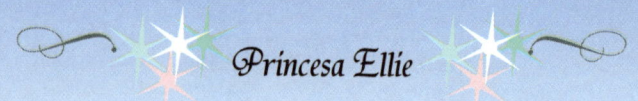

Princesa Ellie

O Bosque Hollyberry era TÃO lindo. Havia montes de flores silvestres em todos os cantos, e as árvores estavam cobertas de brotos. Pássaros pulavam de galho em galho, cantando como se estivessem tentando ganhar a competição de músicas canoras do ano. Claro que eu estava com todas as minhas amigas do Quarto Lírio, e, se não estivéssemos tão preocupadas com Orelha Aveludada, teríamos aproveitado cada segundo. Nós olhávamos de um lado para o outro enquanto andávamos, deixando pedrinhas no chão sempre que a trilha se bifurcava, mas não havia qualquer sinal dela... E, então, chegamos até uma árvore muito alta.

e o Cervo Encantado

Princesa Ellie

Não sei se você tem irmãos ou irmãs, mas eu tenho, e, quando estou em casa, passamos muito tempo brincando nos jardins da mansão. Espero que você não pense que não sou muito principesca, mas eu ADORO subir em árvores. Não é algo que eu diga ao meu pai ou à minha mãe.

(Eu SEI que eles diriam que Princesas Perfeitas NUNCA sobem em árvores!), mas é tão divertido! E, quando eu vi a grande árvore, uma ideia brotou em minha cabeça.

– E se subíssemos na árvore? – sugeri. – Se subíssemos, tenho certeza de que conseguiríamos ver o bosque... E conseguiríamos ver onde Orelha Aveludada está!

e o Cervo Encantado

Lucy olhou para mim em dúvida.

– Não sou muito boa para subir em árvores.

– Nem eu – Isabela concordou. – E se caíssemos? Aí não seríamos de muita ajuda para encontrar Orelha Aveludada.

Princesa Ellie

— Acho que tudo bem se nós formos com cuidado — Hannah disse. — Ellie tem razão. Nós conseguiríamos ver muitos quilômetros. Por que Ellie e eu não subimos, e o restante de vocês fica olhando daqui de baixo?

Sarah, Lucy e Isabela concordaram, mas Grace deu um passo à frente.

— Eu também vou subir — ela anunciou.

Olhei à nossa volta, mas não havia sinal da Fada G ou de nenhuma outra princesa das Mansões de Pérola. Fiquei aliviada. Ninguém havia nos dito que era proibido subir em árvores, mas eu ainda me sentia como se estivéssemos fazendo uma coisa errada.

...e o Cervo Encantado

– Aqui vou eu! – gritei, ergui meu vestido e subi nos galhos mais baixos. Hannah e Grace me seguiram, e no começo foi tão fácil quanto subir os degraus de uma escada.

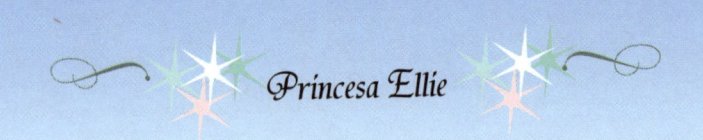

Continuamos a subir cada vez mais, até que, aos poucos, os galhos começaram a ficar finos.

– Ooooh – Hannah disse. – Está balançando um pouco aqui em cima...

– Acho que não devemos subir mais – Grace estava segurando na árvore com tanta força que os nós de seus dedos estavam brancos. – Meu irmão diz que é burrice se arriscar.

– Só vou subir até aquele galho ali, e aí ficarei mais alta que todas as outras árvores...

E eu tinha razão. Era tão MARAVILHOSO! Senti-me um passarinho quando olhei para baixo, para o

e o Cervo Encantado

Princesa Ellie

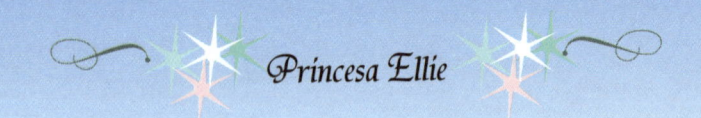

Bosque Hollyberry. A cabana da Bruxa Windlespin parecia uma casa de boneca, e consegui ver as princesas das Mansões de Pérola espalhadas por todas as trilhas. Então, percebi um movimento no meio de um amontoado de arbustos, forcei a vista e fiquei olhando...

Capítulo 3

Era Orelha Aveludada. Eu tinha quase certeza, embora estivesse muito no alto para ver se uma orelha era maior que a outra. Ela estava deitada, parcialmente escondida entre folhas e flores... E havia um filhote de cervo ao seu lado!

– Hannah – eu falei –, Grace, vocês conseguem ver onde estou apontando?

Princesa Ellie

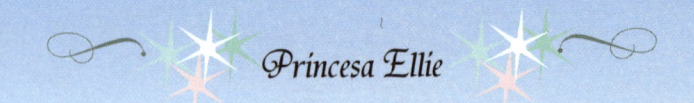

Vocês conseguem ver aqueles arbustos cobertos de flores brancas?

Houve um farfalhar quando minhas amigas tentaram espiar por entre as folhas, e, então, Hannah disse:

– Sim! Eu consigo ver. Por quê?

– Eu acho que Orelha Aveludada está lá no meio, e há outro cervo com ela. Não dá para ver se ela está dormindo ou se tem alguma coisa errada. Temos que ir e contar à Bruxa Windlespin como encontrá-la... Acho que ninguém conseguirá vê-los, mesmo se estiver bem perto.

– Podemos marcar o caminho com as nossas pedras? – Grace perguntou.

– Podemos tentar – disse quando comecei a descer da árvore – se tivermos pedras suficientes. Venham! Vamos ver!

De volta ao pé da árvore, Isabela pegou o saco de pedras.

– Não sobraram muitas. O que faremos?

Ficamos nos olhando por alguns segundos, e, por fim, Sarah disse:

– Por que não fazemos uma seta?

– Brilhante! – Hannah deu um tapinha nas costas de Sarah, e as duas arrumaram as pedras azuis que sobraram para fazer uma seta apontando para os arbustos onde estava Orelha Aveludada. Depois, saímos correndo, e ficamos TÃO felizes por termos as pedras para seguir. É incrível como é difícil lembrar o caminho quando todas as árvores, arbustos e as trilhas sinuosas parecem exatamente iguais! Mesmo com as pedras para nos mostrar que caminho tomar, nós ficamos em dúvida em alguns momentos, especialmente quando vimos um lindo riacho do qual nenhuma de nós se lembrava.

– Tenho certeza de que não vimos isso antes! – Isabela disse quando paramos para observá-lo.

Princesa Ellie

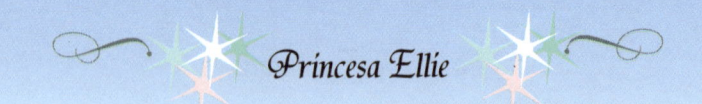

— Nós viemos na direção oposta – Grace pontuou. – Será que esses arbustos o esconderam?

Ouvimos o barulho de uma risada, e nós nos viramos, mas não havia sinal de ninguém.

e o Cervo Encantado

– Vocês ouviram isso? – Lucy perguntou, nervosa. – Quem pode ser?

– Não temos tempo de procurar – eu disse. – Venha. Temos mesmo que voltar. Olhem! Tem uma pedra azul ali! Aquele DEVE ser o caminho!

Porém, depois de andarmos apressadas pela trilha pelo que pareciam ser séculos, não achamos uma pedra azul... E, então, a trilha se dividiu, e nós não tínhamos a menor ideia se deveríamos pegar a direita ou a esquerda. Hannah, Lucy e eu seguimos uma trilha, e Isabela, Grace e Sarah foram pela outra... E não havia nada mostrando o caminho. Nos encontramos de novo no ponto onde a trilha se dividia.

– Eu acho – Isabela disse devagar – que estamos perdidas.

Capítulo 4

Não sou corajosa de verdade. Quando Isabela disse que estávamos perdidas, senti meu estômago se revirar, mas eu não gosto de desistir de nada. Além disso, não conseguia deixar de pensar naquela risadinha maldosa. Alguém estava brincando conosco... E eu tinha quase certeza de quem era.

Princesa Ellie

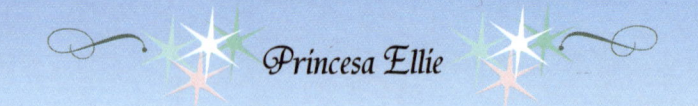

Mas eu não disse nada às minhas amigas. Disse a mim mesma "Uma Princesa Perfeita sempre pensa o melhor dos outros" e me concentrei em tentar animar todo mundo.

– Tudo o que temos que fazer – eu disse decidida – é voltar até encontrarmos o riacho novamente. Assim que chegarmos lá, podemos seguir a trilha até aquela árvore alta, e nós saberemos onde estamos.

– Mas ainda não saberemos como sair do Bosque Hollyberry – a voz de Lucy estava trêmula, e eu vi Sarah chegar mais perto dela e segurar sua mão.

– Não – eu disse. – Mas posso subir na árvore de novo e ver para que lado

e o Cervo Encantado

deveríamos seguir. E se o que é ruim ficar ainda pior, podemos acenar de cima da árvore.

– Uau! – Grace sorriu para mim. – A qualquer momento você começará a matar dragões, Ellie!

– Que dragões? – os olhos de Sarah arregalaram.

Princesa Ellie

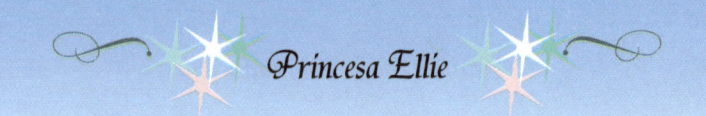

— Eu estava brincando – Grace disse a ela. – Venha, vamos embora.

Nós nos demos as mãos, saímos correndo e achamos o riacho bem rápido.

— Agora vamos procurar nossa trilha – Lucy parecia muito mais animada, e, pouco tempo depois, ela disse – Vejam! Elas estão... OH!

e o Cervo Encantado

Nós ficamos uma ao lado da outra e olhamos. Alguém havia juntado várias de nossas pedras e feito um círculo com elas... Portanto, não havia nenhuma trilha.

– O que faremos agora? – Isabela perguntou, e eu percebi que todas as minhas amigas estavam olhando para mim, como se eu soubesse a resposta.

– Quando saímos da cabana – eu disse devagar –, o sol estava às nossas costas. – Se pegarmos aquela trilha ali, o sol ficará atrás de nós... – meu coração estava batendo muito forte, de um modo muito ansioso, e eu desejei MUITO não estar ajudando a deixar o Quarto Lírio ainda mais perdido. – O que vocês acham?

– Acho que parece muito inteligente – Grace disse. – Todas concordam que devemos pegar aquele caminho?

Hannah, Isabela, Lucy e Sarah concordaram.

– Vamos! – Grace pegou um graveto e ficou balançando-o enquanto partíamos mais uma vez. E não havíamos andado por mais de cinco minutos quando avistamos a grande árvore à nossa frente.

– Viva! – eu disse. Estava ficando muito, muito preocupada, embora tentasse não mostrar.

Princesa Ellie

– Sh! – Sarah levantou um dedo.

Nós paramos para ouvir e escutamos o som de alguém chorando até não poder mais. Corremos para o outro lado da árvore, e lá estavam Diamantina e Gruella.

e o Cervo Encantado

Elas estavam aninhadas em uma raiz, como os filhotes da floresta; o rosto de Gruella estava vermelho, e o de Diamantina estava cortado por lágrimas.

Quando nos viram, elas se levantaram e correram em nossa direção... Gruella abraçou Hannah, e Diamantina me abraçou! Eu a abracei de volta, dei um tapinha em seus ombros e tentei MUITO não deixar que elas percebessem como eu estava surpresa.

– Achamos que ficaríamos aqui para sempre – Gruella soluçou.

– Nós andamos em círculos, e em círculos, e em CÍRCULOS, e, no começo, foi divertido, porque pegamos umas flores lindas. Depois, achamos umas pedrinhas azuis, e Diamantina disse que alguém deveria estar brincando de alguma coisa boba, então nós as mudamos de lugar... Mas, daí, não sabíamos que caminho pegar para voltar à cabana... Oooooooooooooh! – e ela começou a chorar de novo, mas mais silenciosa.

Diamantina se recompôs, afastou-se um pouco e assoou o nariz.

– Você não tem que dizer a elas tudo o que eu falei, Gruella – ela disse brava. Ela se virou para mim, mas não esperei para ouvir o que ela tinha a dizer.

– Shhhh... – sussurrei, e apontei.

e o Cervo Encantado

Por alguns minutos, todas nós ficamos imóveis, como se tivéssemos sido congeladas. Até Gruella parou de fungar quando uma corça lindíssima saiu com cuidado do meio das folhas verdes.

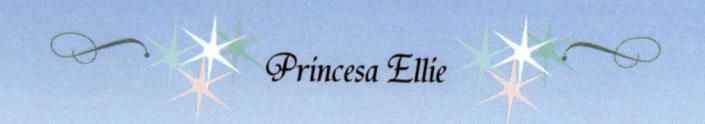

Ela olhou para nós com seus grandes olhos castanhos, e nós prendemos a respiração. Ela chegou mais perto devagar, e, então – foi TÃO difícil não suspirarmos entusiasmadas – um pequeno cervo veio mancando atrás dela.

Capítulo 5

Percebi imediatamente que a corça era Orelha Aveludada. Uma de suas orelhas era definitivamente maior que a outra, mas também havia algo no modo como ela nos olhou que me fez perceber que ela estava acostumada com humanos. Ela olhou para mim, e, então, fez uma coisa fantástica. Ela abaixou a cabeça e empurrou o filhote em minha direção. Mal ousando respirar, eu me abaixei, e, de novo, Orelha Aveludada empurrou o cervo quase para os meus braços. Muito, MUITO cuidadosamente, eu o peguei, olhando para Orelha Aveludada o tempo todo para me assegurar de que era isso que ela queria. E, então, quando eu o peguei, ela fez um sinal positivo com a cabeça... E começou a seguir uma trilha, muito determinada. Como, no início, não a seguimos, ela parou e olhou para trás, e dava MUITO para ver que ela estava pensando "Que humanas bobas!". Nós a seguimos nas pontas dos pés, e ela continuou andando. Eu mal conseguia acreditar no

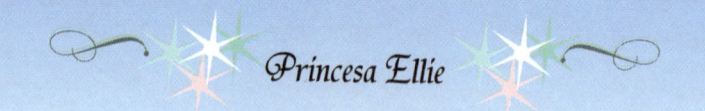

...e o Cervo Encantado

que estava acontecendo. Estava carregando um cervo de verdade e seguindo sua mãe... Era completamente mágico!

Quando chegamos perto dos limites do bosque, Orelha Aveludada começou

Princesa Ellie

a parecer preocupada, e eu sabia o motivo. Havia um burburinho MUITO alto de vozes ansiosas, e eu ouvi a Fada G berrar:

– Se elas não voltarem em cinco minutos, acho que devemos organizar um grupo de busca!

— Minha nossa – eu cochichei para Sarah, que estava andando ao meu lado. – Você pode ir na frente e dizer a elas para ficarem calmas?

Sarah concordou, e, quando Orelha Aveludada se recolheu na proteção das árvores, ela passou correndo ao lado dela e saiu ao sol. Eu estava esperando uma exclamação de alegria, mas, ao invés disso, ouvi a Fada G gritar:

— Ahá! Aí vem as princesas do Quarto Lírio! Sarah, querida, vocês viram Diamantina e Gruella? Estamos muito preocupadas com elas!

Não ouvi o que Sarah respondeu, mas ela deve ter pedido para todas pararem de falar, porque, de repente, todas as vozes sumiram.

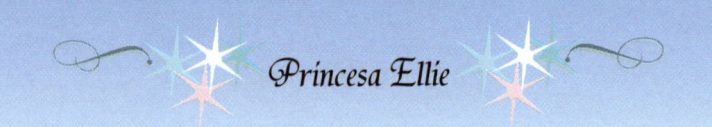

Alguns segundo depois, a Fada Windlespin veio correndo em nossa direção. Orelha Aveludada soltou um suspiro aliviadíssimo, como se soubesse que tudo ia ficar bem, e a Bruxa Windlespin esticou os braços para ela.

– Orelha Aveludada, querida – ela disse enquanto acariciava o pescoço macio da corça –, onde você esteve? Seu bebê está bem... – e, então, ela viu o cervo que eu estava carregando, e seus olhos brilharam.

– Foi por isso que Orelha Aveludada não conseguiu vir até a senhora – eu disse. – Este é o outro cervo dela, e ele machucou a perna – eu ia dar o pobre animal para a Bruxa Windlespin, mas Orelha Aveludada se colocou entre nós duas.

– Ela confia em você – a bruxa me disse. – Carregue-o até a cabana... Leve-o para o chalé, nos fundos.

Princesa Ellie

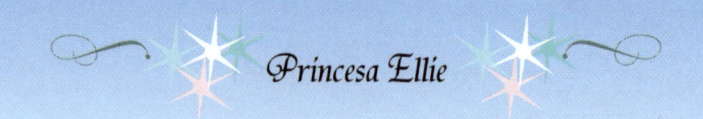

Foi fantástico! Nós saímos do bosque em fila, e a Fada G e todas as princesas das Mansões de Pérola estavam nos esperando. A Bruxa Windlespin ia à frente, com os braços ao redor do pescoço de

...e o Cervo Encantado

Orelha Aveludada, e eu a segui, com o cervo. Atrás de mim, estavam todas as minhas amigas... E, finalmente, Diamantina e Gruella estavam no fim da fila, e pareciam MUITO tristes.

Princesa Ellie

Nunca contamos à Fada G o que aconteceu no Bosque Hollyberry (Princesas Perfeitas NUNCA fazem fofoca), mas acho que ela adivinhou pelo menos uma parte do que havia acontecido. Ela deu uma bronca nas gêmeas por entrarem no bosque antes de ela ter dado as instruções, e ela não deixou que elas fossem ao chalé para ver o que aconteceria com Orelha Aveludada quando ela encontrasse o seu filhote. Claro que nós vimos tudo, e foi TÃO lindo! A Fada G agitou a varinha, e uma única estrela dourada flutuou até a cabeça do cervo adormecido... E ele espirrou e acordou – PULOU do cesto e dançou ao redor de Orelha Aveludada.

... e o Cervo Encantado

Depois, a estrela se afastou e pousou sobre o cervo que estava nos meus braços... E, quando o coloquei no chão, ele não estava mais mancando! Ele correu

Princesa Ellie

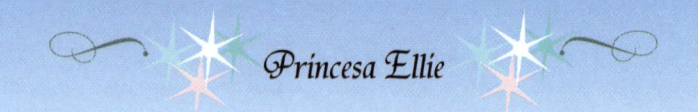

até seu irmão, eles esfregaram seus focinhos antes de pular para o lado de Orelha Aveludada.

– Obrigada, minhas princesas queridas – a Bruxa Windlespin disse, e ela sorriu para nós. – Vocês agiram muito bem hoje.

... e o Cervo Encantado

— Muito bem! – a Fada G gritou alegremente. – Acho que o Quarto Lírio merece, no mínimo, dez pontos de tiara por cada princesa, você não acha, Bruxa Windlespin?

Princesa Ellie

— E nós? – disse uma voz choramingando, e Diamantina deu um passo à frente. – Gruella e eu também voltamos com a corça. Por que não vamos ganhar pontos também?

A Fada G não respondeu, mas a Bruxa

e o Cervo Encantado

Windlespin começou a rir. Demorei um pouco para perceber o motivo, mas aí notei que Orelha Aveludada estava acenando um "não" com a cabeça!

Diamantina ficou muito vermelha, pegou Gruella pelo braço e desapareceu.

Princesa Ellie

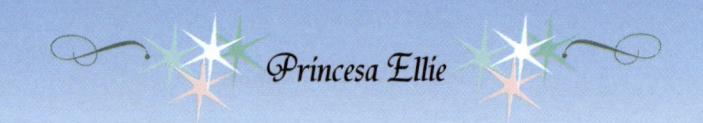

— Acho que é hora de deixar Orelha Aveludada e seus dois filhotes voltarem para o Bosque Hollyberry – a Bruxa Windlespin disse. – Porém, será que vocês, princesas das Mansões de Pérola, não querem se juntar a mim para um piquenique aqui, no meu jardim?

Capítulo 6

O piquenique foi FABULOSO! A Fada G agitou sua varinha várias e várias vezes, e o chão ficou cheio de lindas almofadas de cetim cor-de-rosa. Uma mesa apareceu do nada, assim como uma fonte de limonada, e, depois a Bruxa Windlespin trouxe, de sua cabana,

Princesa Ellie

pratos e mais pratos de bolos e sanduíches deliciosos. Doze dos pássaros mais lindos que você pode imaginar voaram até um galho e começaram a cantar para nós. Foi tão MARAVILHOSO!

e o Cervo Encantado

79

Princesa Ellie

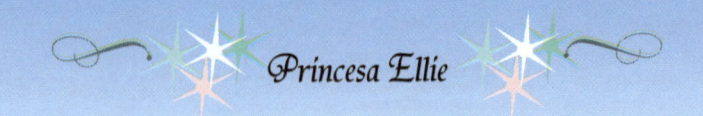

Depois de comermos, sentamos nas almofadas, e a Bruxa Windlespin contou histórias fabulosas sobre todos os animais que viviam no Bosque Hollyberry. Foi uma das tardes mais adoráveis que você pode imaginar...

e o Cervo Encantado

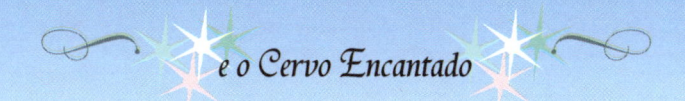

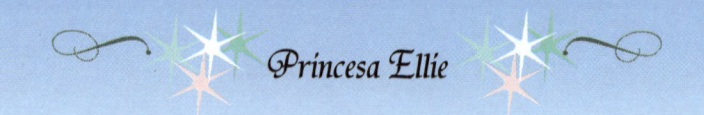

E, quando estávamos na carruagem, voltando para casa, olhei para minhas amigas especiais e percebi como tinha sorte...

E você sabe o que faz com que tudo isso seja ainda mais especial?

O fato de VOCÊ ser minha amiga também!

Clube da Tiara

Existe um mundo mágico
para você descobrir
em cada história do
Clube da Tiara!

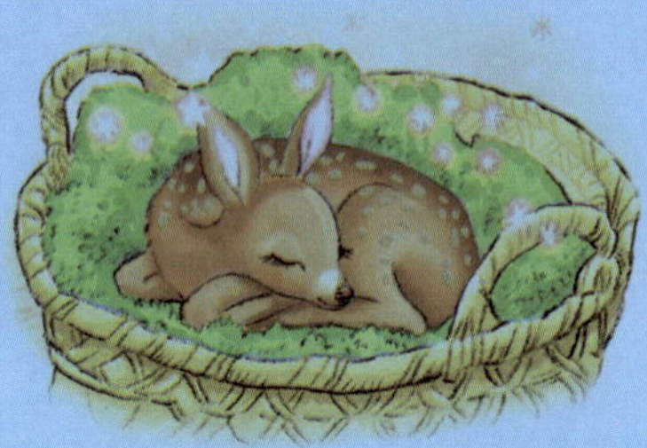

... e o Cervo Encantado

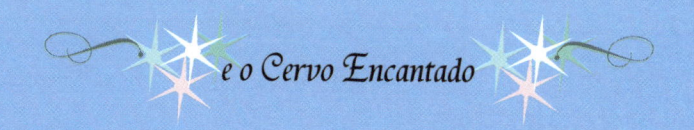

O que acontece depois?
Descubra em:

Princesa Sarah
e o Cisne Prateado

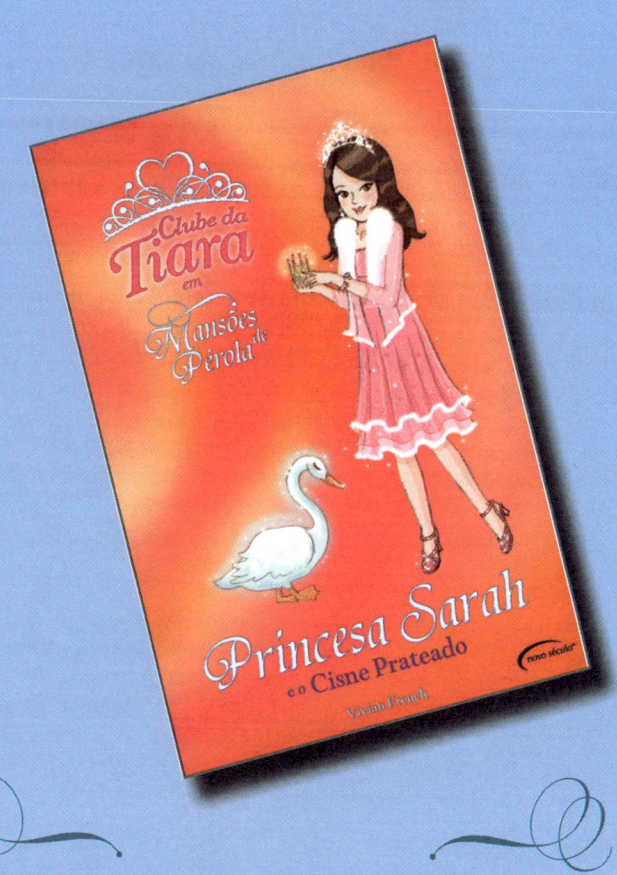

Princesa Ellie

Olá! Eu sou a Princesa Sarah!

Você entra em pânico quando tem que fazer as coisas no último minuto? Eu entro. Quando percebi que era quase o fim do ano letivo, fiquei maluca. Por sorte, minhas amigas do Quarto Lírio são muito boas em me acalmar. Não sei o que faria sem Hannah, Isabela, Lucy, Grace, Ellie... e você.

INFORMAÇÕES SOBRE NOSSAS PUBLICAÇÕES
E ÚLTIMOS LANÇAMENTOS
Cadastre-se no site
www.novoseculo.com.br
e receba mensalmente nosso boletim eletrônico.

novo século®

Impresso nas oficinas da
SERMOGRAF - ARTES GRÁFICAS E EDITORA LTDA.
Rua São Sebastião, 199 - Petrópolis - RJ
Tel.: (24)2237-3769